# ¿Por qué debo... hacer ejercicio?

## Jackie Gaff

### Fotografías de Chris Fairclough

**everest**

Diseñador: Ian Winton and Rob Norridge
Ilustrador: Joanna Williams
Asesores: Pat Jackson, Professional Officer for School Nursing, The Community Practitioners' and
Health Visitors' Association.
Título original: *Why Must I Take Exercise?*
Traducción: María Nevares Domínguez

First published by Evans Brothers Limited.
2A Portman Mansions, Chiltern Strret, London W1U 6NR.
United Kingdom
Copyright © Evans Brothers Limited 2005
This edition published under licence from Evans Brothers Limited.
All rights reserved.
© EDITORIAL EVEREST, S. A.
Carretera León-La Coruña, km 5 - LEÓN
ISBN: 978-84-241-7883-3
Depósito legal: LE. 731-2007
Printed in Spain - Impreso en España
EDITORIAL EVERGRÁFICAS, S. L.
Carretera León-La Coruña, km 5
LEÓN (España)
Atención al cliente: 902 123 400
www.everest.es

**Agradecimientos:**
La autora y el editor agradecen el permiso para reproducir fotografías a: Corbis: p. 4 (Michael
S. Ysamita), p. 5 (Ariel Skelley), p. 9 (Joyce Choo), p. 14 (Gabe Palmer), p. 15 (José Luis Peláez, inc./
Corbis), p. 16 (Ron Morsch), p. 19 (Ariel Skelley), p. 27 (José Luis Peláez, inc./Corbis), p. 25 (Troy
Wayrynen/New Sport/Corbis); Getty Images: p. 7 (Taxi), p. 28 (Stone).
Fotografías de Chris Fairclough.

También agradecer a las siguientes personas su participación en el libro:
Alice Baldwin-Hay, Heather y William Cooper, Ieuan Crowe y la plantilla y alumnos del colegio de
primaria de Presteigne.

# Contenidos

# Hacer ejercicio

**Hacer ejercicio es divertido. Mantiene tu cuerpo fuerte y en forma, y puede hacer que te sientas más feliz.**

Si no haces ejercicio tu cuerpo no estará en forma y todo empezará a parecerte un trabajo agotador.

Los videojuegos son geniales, pero no te pases todo el día jugando a ellos.

Estar en forma hace que tu cuerpo pueda hacer todo aquello para lo que está diseñado.

i estás en forma puedes correr fácilmente para tomar el autobús, ubir una colina empinada con la bici o correr por el campo de fútbol para marcar un gol.

Ponerte en forma fortalecerá tu corazón y pulmones. Te ayudará a mantenerte sano toda tu vida.

# CONSEJOS

- **Pídele a un adulto que te acompañe al colegio caminando o en bici.**
- **Prueba un deporte o juego nuevo.**
- **Haz algo de ejercicio todos los días.**

Intenta encontrar un deporte que te guste. Hay uno para cada persona.

Así que mantén tu cuerpo feliz: ¡apaga ese videojuego y muévete!

# Todo tipo de ejercicio

**Hay muchas formas de hacer ejercicio, así que encuentra alguna actividad que te guste.**

Aquí tienes algunas ideas para hacer ejercicio: da patadas a una pelota, vuela una cometa, pasea al perro, o pon tu CD favorito y baila en tu habitación.

Los perros necesitan salir todos los días.

Bailar puede ser una forma estupenda de ponerse en forma. Te hace más flexible y también elegante.

## CONSEJOS

- **Juega en un lugar seguro: en el jardín de tu casa o con tus amigos en el parque.**

¿Por qué no te apuntas en una clase de **artes marciales**, o creas un club de fútbol o de tenis? Es una manera estupenda de hacer nuevos amigos.

Jugar al tenis fortalecerá tus brazos y hará más rápidas tus **reacciones**.

7

# Músculos poderosos

**Tus músculos te dan fuerza para moverte.
Sin ellos no podrías ni parpadear.**

Los músculos hacen su trabajo tirando de los huesos, la piel y otras partes del cuerpo. Se tensan para tirar y se **relajan** para soltar.

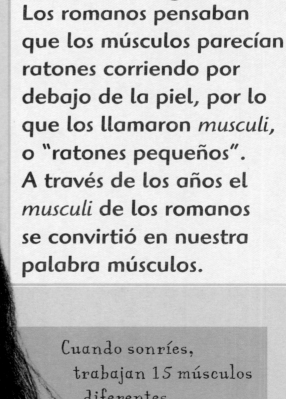

## El ratón sagrado

Los romanos pensaban que los músculos parecían ratones corriendo por debajo de la piel, por lo que los llamaron *musculi*, o "ratones pequeños". A través de los años el *musculi* de los romanos se convirtió en nuestra palabra músculos.

Cuando sonríes, trabajan 15 músculos diferentes.

8

Cuando doblas tu brazo, tus **bíceps** tiran de tu antebrazo hacia tu hombro.

Cuando estiras tu brazo, otro músculo grande llamado **tríceps** tira de él hacia abajo.

Algunos músculos trabajan en pareja, otros en equipo.

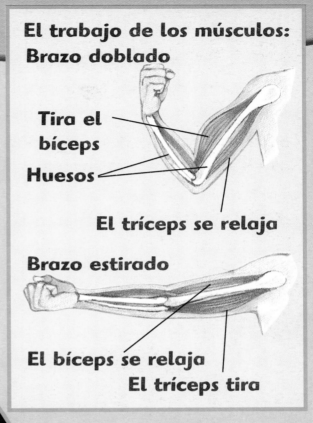

**El trabajo de los músculos: Brazo doblado**

Tira el bíceps

Huesos

El tríceps se relaja

**Brazo estirado**

El bíceps se relaja

El tríceps tira

Por ejemplo, alrededor de 200 músculos trabajan en equipo cada vez que subes un escalón.

Cuando trepas por una cuerda los músculos de tus brazos y piernas trabajan mucho para tirar de tu cuerpo hacia arriba.

# Calentar

**Antes de hacer ejercicio debes prepararte calentando los músculos.**

Cuando los músculos están calientes son más **elásticos** y por tanto más fáciles de estirar. Esto hace que todo tu cuerpo sea más **flexible**.

Te puedes hacer daño en los músculos si trabajas con ellos antes de que estén listos. Esto se llama **tirón**, y hace que el músculo te duela al tocarlo y usarlo.

Calienta los músculos de la parte superior de tu espalda estirando ambos brazos delante de ti, con los nudillos hacia fuera. Presiona hacia fuera. Repite cinco veces.

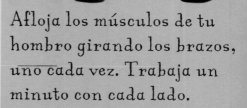

Afloja los músculos de tu hombro girando los brazos, uno cada vez. Trabaja un minuto con cada lado.

# CONSEJOS

- **Haz un calentamiento suave antes de hacer ejercicio en serio.**

Trotar en el sitio durante tres minutos es una buena forma de calentar tus músculos.

Los ejercicios de calentamiento son divertidos y más si los haces en grupo, cuando formas parte de un equipo.

Sujétate el pie izquierdo y elévalo hasta tocar los glúteos, mientras llevas la cadera hacia delante. Trabaja con el otro lado para calentar los músculos de los muslos de las dos piernas. Repite cinco veces.

# Estirar y flexionar

**Los ejercicios de estiramiento hacen que tu cuerpo sea más elástico. Esto quiere decir que puedes doblar tu cuerpo con facilidad.**

Prueba a sentarte en el suelo con las piernas extendidas y rectas delante de ti. ¿Puedes tocarte los dedos del pie? Si no es así deberías hacer ejercicios que ayuden a tus **articulaciones** a doblarse más fácilmente.

Un cuerpo flexible es más elegante que uno rígido. Las bailarinas de ballet, y también las gimnastas, son muy flexibles.

Los estiramientos te ayudan a alargar y relajar tus músculos, lo que quiere decir que se volverán más elásticos.

**Prueba a hacer estos ejercicios:**

1. A gatas, baja la cabeza y los glúteos, y arquea tu espalda.

2. Ahora, eleva la cabeza y los glúteos, estirando tu cuerpo en dirección opuesta.

## CONSEJOS

- Haz de estirarte un hábito.

- Estírate cuando te levantes por la mañana.

- Estírate después de haber estado sentado.

- Estírate mientras ves la televisión.

- Estírate mientras estás estudiando.

- Estírate cuando estés en la cama.

3. Arrodíllate con la espalda recta y empuja los glúteos hacia hacia tus talones. Estira los brazos delante de ti.

# Torre de potencia

**El ejercicio no te va a dar ningún músculo nuevo, pero ejercitarlos un poco más los fortalecerá.**

El tenis es una forma estupenda de fortalecer los músculos de tus brazos. Montar en bici y correr sirve para fortalecer los músculos de tus piernas.

Patinar sobre hielo fortalece los músculos de tus piernas.

Hay muchas maneras diferentes de fortalecer los músculos de tus brazos.

14

# CONSEJOS

- **Si te mareas o te sientes débil al hacer ejercicio, para y descansa.**

- **No castigues tu cuerpo haciendo un ejercicio excesivo.**

Ejercitar los músculos también es bueno para tus huesos. Cuando los músculos se mueven ejercen presión sobre los huesos. Esta presión hace que se fortalezcan y se vuelvan más densos.

El yoga ejercita tus músculos y vuelve tu cuerpo más elástico.

# En equipo

**El fútbol, balonmano y baloncesto son deportes de equipo, y una manera excelente de hacer ejercicio.**

Si no disfrutas con los deportes de equipo que practicas en el colegio, prueba con otros. ¿Qué hay del jockey o voleibol? Investiga juegos nuevos. Seguro que hay alguno que te gusta de verdad.

Además de ayudarte a hacer ejercicio, los juegos de equipo te enseñan a trabajar con otras personas.

# El fútbol antiguo

El fútbol se jugó por primera vez en China, hace alrededor de 2 300 años. Había que mantener la pelota en el aire, no patearla a lo largo del campo.

Cualquiera que sea el juego que elijas necesitarás **resistencia** para triunfar. La resistencia es la fuerza que hace que aguantes jugando, permitiéndote hacerlo lo mejor posible hasta el final. Cuanto más ejercicio hagas más resistencia tendrás.

# En solitario

**Si los deportes de equipo no son lo tuyo, no por eso dejes de practicar ejercicio.**

Si te gustan los deportes individuales, pero quieres conocer gente, ¿por qué no te unes a un club o una clase?

Si vives cerca de un lago, un río, o incluso una piscina, podrías apuntarte a un club de canoas o kayaks.

El ballet desarrolla tus músculos y tu coordinación.

Remar en un kayak es excitante y fortalece los músculos de tus brazos, hombros y pecho.

# CONSEJOS

- **Ponte ropa cómoda para hacer ejercicio.**

- **Lleva ropa extra para ponértela cuando acabes.**

- **Nunca te acerques al agua o hagas deportes de riesgo sin la vigilancia de un adulto.**

Averigua lo que puedas sobre los clubes deportivos de tu ciudad. Las clases de gimnasia son una forma excelente de hacer ejercicio.

La gimnasia mejora tu equilibrio, tu fuerza y tu elasticidad general.

19

# Respirar

Correr para alcanzar el tren o nadar arriba y abajo de la piscina son ejercicios duros que consumen mucha energía.

Tu cuerpo recibe su energía de los alimentos, pero necesita un gas que se llama oxígeno para liberar la energía que hay en ellos.

## El sistema circulatorio

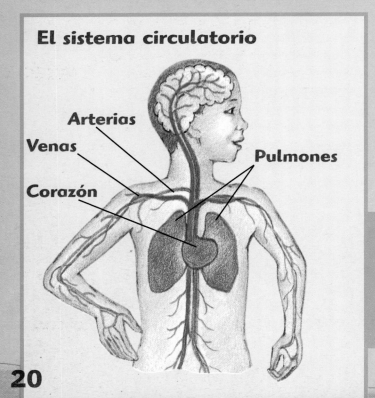

Arterias

Venas

Corazón

Pulmones

El oxígeno se encuentra en el aire que respiras a través de tus pulmones. Sale de los pulmones por la sangre. El músculo del corazón bombea la sangre por todo tu cuerpo.

Este dibujo muestra la corriente sanguínea. Las **arterias** sacan la sangre del corazón, y las **venas** la devuelven al corazón de nuevo.

Los **ejercicios aeróbicos** son actividades que hacen que tu corazón y pulmones trabajen más.

Cuanto más ejercites tus pulmones, más aire podrán llevar a tu cuerpo y más ejercicio podrás hacer.

Tu corazón se vuelve más fuerte y sano con el ejercicio. Esto quiere decir que tendrás menos posibilidades de tener problemas de corazón cuando seas mayor.

Cuando saltas ejercitas tu corazón y tus hombros, brazos y piernas.

# CONSEJOS

- **Intenta hacer algo de ejercicio aeróbico dos o tres veces a la semana, en sesiones de veinte a treinta minutos cada vez.**

# Comida y salud

**No es bueno hacer mucho ejercicio si no cuidas tu cuerpo de otras maneras.**

Tu cuerpo no puede estar en forma sólo con el ejercicio. También necesitas comer sano.

Intenta evitar la comida con demasiada grasa, sal o azúcar.

Después de comer, debes esperar al menos dos horas antes de hacer ejercicio. Si haces ejercicio demasiado pronto puede darte un **calambre**.

# CONSEJOS

- **Las comidas azucaradas te dan energía, pero harán que luego te sientas más cansado.**

- **Llévate una botella de agua.**

- **Bebe mientras haces ejercicio.**

Es importante que comas tan pronto como puedas después de hacer ejercicio, pero no es bueno tomar demasiada comida grasa o poco sana. Un plátano es un tentempié ideal.

Sudar mientras haces ejercicio hará que tengas sed. Asegúrate de beber agua abundante, especialmente si el agua no está fría.

Si tienes hambre toma un tentempié: fruta seca o una barrita de cereal son perfectos.

# Enfriar

**Dar a tu cuerpo tiempo para enfriarse es tan importante como calentar bien.**

Los ejercicios de enfriamiento hacen que la **temperatura**, el **ritmo cardiaco** y **respiratorio** de tu cuerpo se normalicen. Impiden que tengas molestias al día siguiente.

Intenta estirar todos los músculos que hayas usado. Haz tus movimientos más suaves poco a poco.

Parar repentinamente de hacer ejercicio puede producirte una conmoción. Si te enfrías demasiado rápido tendrás frío y temblores. Puedes llegar a sentirte mareado y tener vértigo.

Seguramente tendrás calor cuando acabes de hacer ejercicio, pero no olvides ponerte una capa extra de ropa.

# CONSEJOS

- **Dedica al menos cinco minutos al enfriamiento.**

- **Ponte más ropa para no enfriarte demasiado rápido.**

- **Bebe mucha agua cuando termines de hacer ejercicio.**

Los atletas siempre se cubren después de una prueba.

El ejercicio debe hacerte sentir bien, no mal, así que deja descansar a tu cuerpo y haz algunos estiramientos.

Cinco minutos pueden servir para estirar bien.

25

# Dormir

**Cuando haces mucho ejercicio tu cuerpo necesita descansar mucho y bien todas las noches.**

Todos tus músculos descansan cuando duermes, y tu ritmo cardiaco y respiratorio se reducen. Dale tiempo a tu cuerpo para que se relaje antes de que sea la hora de dormir.

Leer al acostarte te ayudará a relajarte y a dormirte más fácilmente.

Intenta irte a la cama a la misma hora todas las noches. A tu cuerpo le encanta este tipo de **rutina**.

Durante el sueño tu cuerpo repone toda su energía. Si te levantas cansado o enfadado es porque ¡probablemente no estás durmiendo lo suficiente!

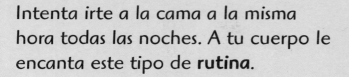

# CONSEJOS

- **Asegúrate de dormir al menos ocho horas cada noche.**

# Mantente en forma y feliz

¿Hay días que te sientes cansado y sin energía? No hacer nada no te ayudará.

El ejercicio te hace sentir mejor. Esto se debe a que empuja a tu cuerpo a producir **sustancias químicas** que te hacen sentir más feliz.

A veces es más fácil hacer ejercicio con amigos.

Hacer ejercicio y comer sano son dos pasos claves en el camino de una vida feliz, sana y rebosante de energía.

## CONSEJOS

- Aprovecha la gimnasia del colegio.
- Diviértete en tu tiempo libre.
- No dediques mucho tiempo a los videojuegos o a la televisión.

# Glosario

**Arteria**

Un tubo que lleva sangre del corazón a otras partes de tu cuerpo.

**Artes marciales**

El judo, karate, tai chi y taekwondo son artes marciales o deportes que nacieron en el lejano oriente.

**Articulación**

Las articulaciones son los lugares donde dos huesos se encuentran. Algunas son fijas, pero otras se mueven, por ejemplo: tus codos y rodillas tienen articulaciones móviles.

**Bíceps**

El músculo grande que está en la parte externa de tu antebrazo.

**Calambre**

Un calambre es cuando el músculo se pone rígido y duro, y duele de verdad.

**Coordinación**

La habilidad de moverse con control y elegancia.

**Ejercicios aeróbicos**

Los ejercicios aeróbicos son actividades en las que el corazón y los pulmones trabajan más para aumentar el oxígeno que bombea a través de tu cuerpo.

**Elasticidad**

Tener elasticidad significa ser capaz de doblarse fácilmente. Hacer estiramientos y flexiones te ayudarán a mantener tu cuerpo elástico.

**Flexible**

Flexible significa que se dobla fácilmente. Por ejemplo, la gente flexible encuentra fácil tocarse los dedos del pie.

**Presión**

Presión es la acción de apretar.

**Reacción**

Tener reacciones rápidas significa que te mueves o respondes rápidamente a diferentes situaciones.

**Relajarse**

Cuando un músculo se relaja, se afloja y se suelta.

**Resistencia**

Resistencia es otra palabra relacionada con la energía, por ejemplo: tener energía para continuar haciendo ejercicio.

**Ritmo cardiaco**

Tu corazón es un músculo, y como todos los músculos se mueve mediante contracciones y relajaciones, lo que se llama latido o pulso.

**Ritmo respiratorio**

La velocidad a la que respiras, inhalando y exhalando aire de tus pulmones.

**Sustancias químicas**

Las sustancias químicas son los elementos que componen los materiales del mundo.

**Rutina**

Una rutina es una forma habitual o costumbre arraigada de hacer las cosas.

**Temperatura**

Una medida de lo frío o caliente que está algo.

**Tirón**

Un tirón es una lesión causada por ejercitar excesivamente los músculos.

**Tríceps**

Un músculo grande que está en la parte interna de tu antebrazo.

**Vena**

Un tubo que lleva la sangre de tu cuerpo al corazón.

# Otros recursos

## Páginas web

*www.kidshealth.org/kid/en_espanol/*
Dirección centrada en los niños y en todos los asuntos relacionados con su salud y bienestar físico. Incluye varias páginas sobre una alimentación sana y recetas.

*www.noah–health.org*
Página pública neoyorquina en español con información imparcial y contrastada sobre todo lo que tiene que ver con la salud.

*www.guiainfantil.com*
Todos los aspectos de la salud infantil ordenados por temas.

## Bibliografía

*¡Muévete!*, Colección NUESTRO CUERPO, Anita Ganeri, Everest, 2004

*Respira hondo*, Colección NUESTRO CUERPO, Anita Ganeri, Everest, 2004

*Mi primer libro del cuerpo humano*, Anita Ganeri, Everest, 2005

*Colección CUERPO Y MENTE*, Janine Amos, Everest, 2003

# Índice

# Títulos de la colección

¿Por qué debo... lavarme los dientes?

¿Por qué debo... lavarme las manos?

¿Por qué debo... comer de forma saludable?

¿Por qué debo... hacer ejercicio?